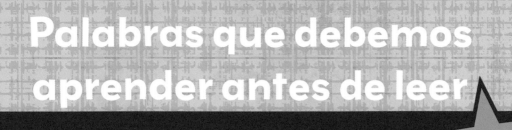

Palabras que debemos aprender antes de leer

árbol

cama

debajo

escucho

fregadero

gatito

silla

www.rourkeeducationalmedia.com

Edición: Luana K. Mitten
Ilustración: Anita DuFalla
Composición y dirección de arte: Renee Brady
Traducción: Danay Rodríguez
Adaptación, edición y producción de la versión en español de Cambridge BrickHouse, Inc.

Library of Congress Cataloging-in-Publication Data

Cleland, Jo
¡Baja, gatito! / Jo Cleland.
    p. cm. -- (Little Birdie Books)
Includes bibliographical references and index.
ISBN 978-1-61810-513-4 (soft cover - Spanish)
ISBN 978-1-63430-333-0 (hard cover - Spanish)
Library of Congress Control Number: 2015944588

*Scan for Related Titles
and Teacher Resources*

Rourke Educational Media
Printed in the United States of America,
North Mankato, Minnesota

Also Available as:

rourkeeducationalmedia.com

customerservice@rourkeeducationalmedia.com • PO Box 643328 Vero Beach, Florida 32964

¡Baja, gatito!

Jo Cleland
ilustrado por Anita DuFalla

—¿Dónde está el gatito?

—Busca debajo de la cama.

—El gatito no aparece aún.

—¡Chisss!
Escucho al gatito.

—Miren, está en el árbol.

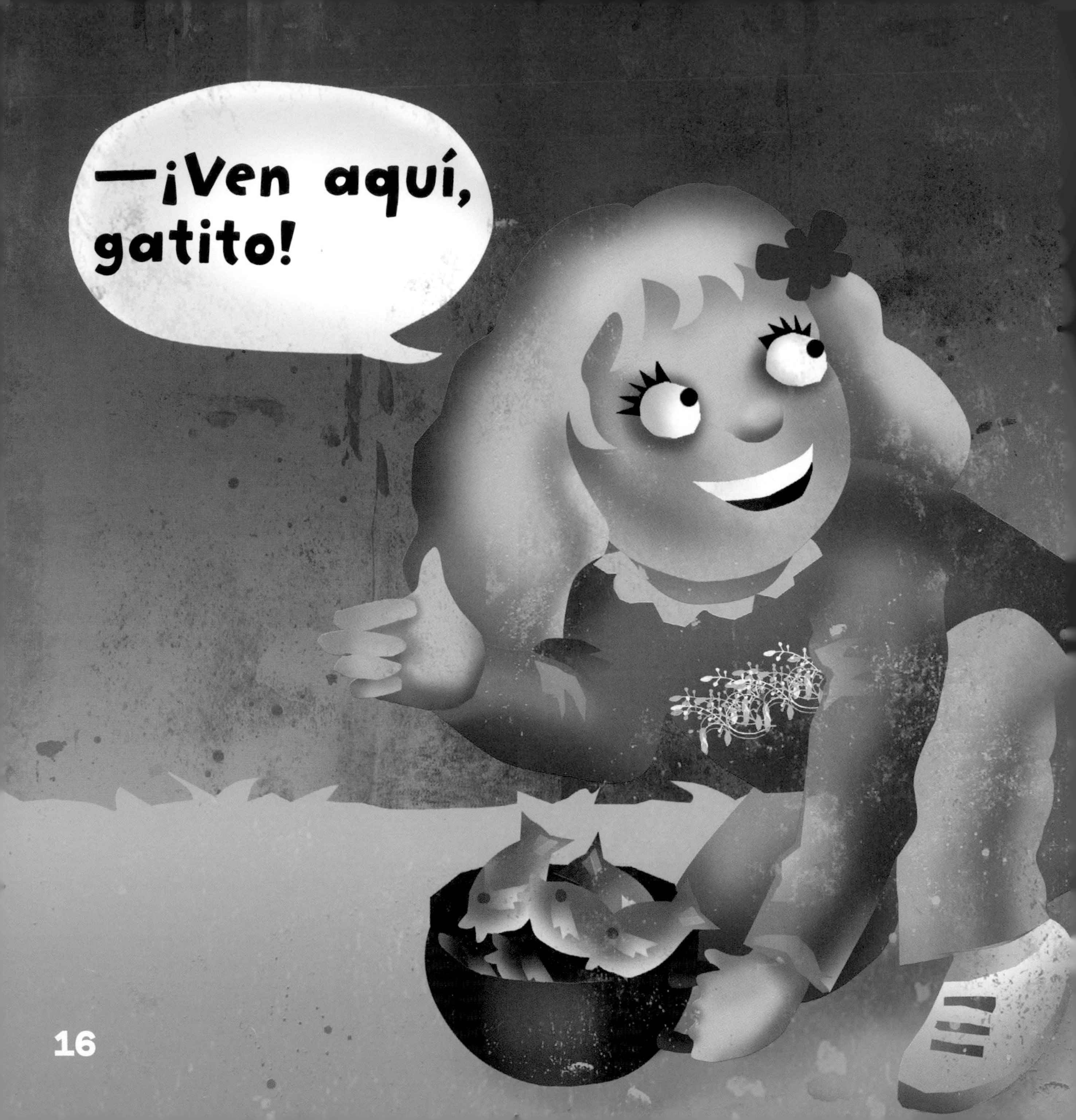
—¡Ven aquí, gatito!

—¡Baja, gatito!

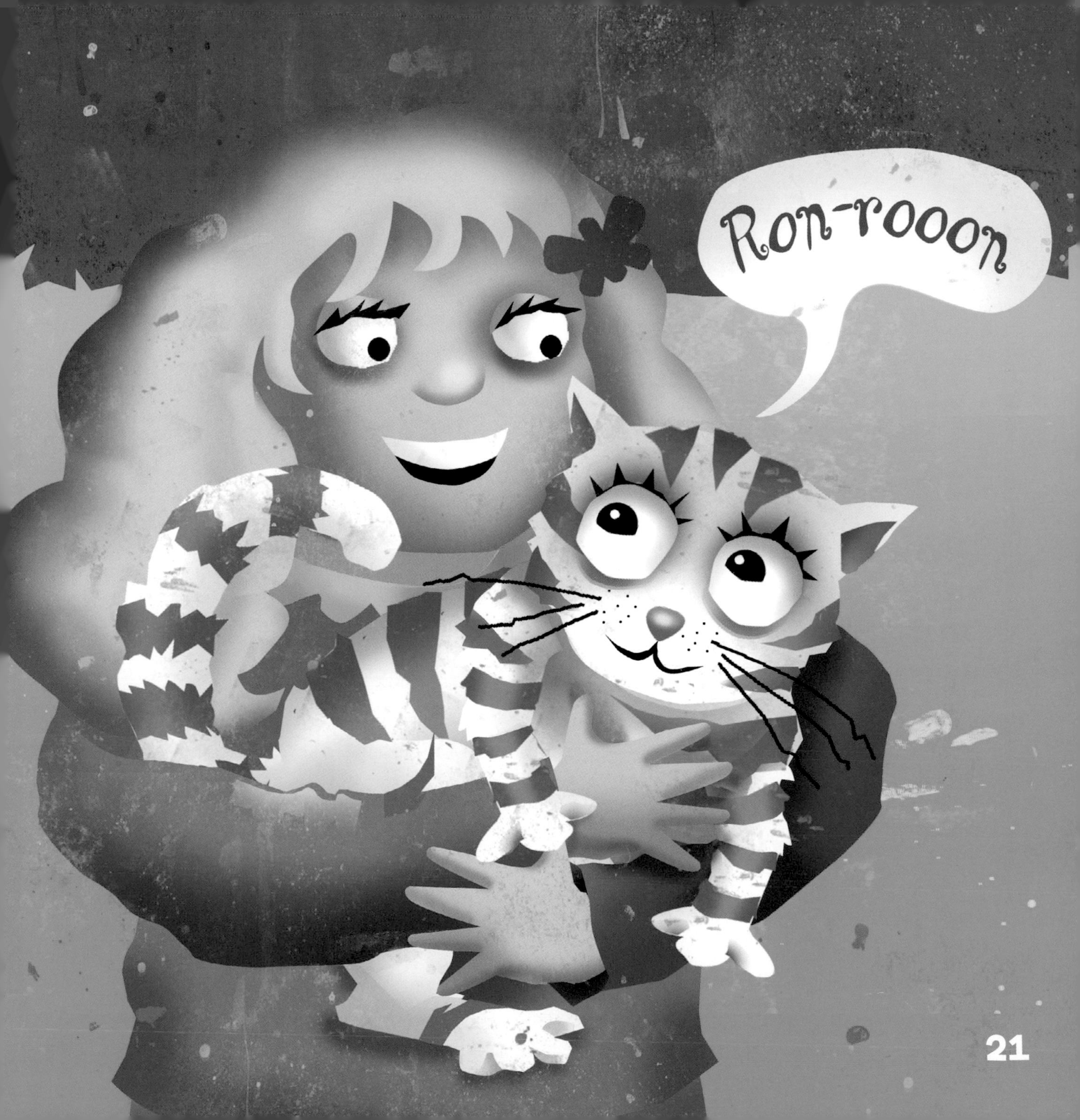
Ron-rooon

Actividades después de la lectura

El cuento y tú...

¿Dónde buscaron los niños al gatito?

¿Dónde encontraron al gatito?

¿Por qué crees que a los gatos les gusta esconderse?

Piensa en tu animal preferido. Menciona algo que le guste hacer a tu animal preferido.

Palabras que aprendiste...

La hora de las rimas – Escribe las siguientes palabras en una hoja de papel y luego escribe una palabra que rime con cada una de ellas.

árbol	fregadero
cama	gatito
debajo	silla
escucho	

Podrías... escribir sobre tu animal preferido.

- Decide cuál es tu animal preferido.

- Piensa qué te gustaría escribir sobre tu animal preferido.

- Escoge qué tipo de papel te gustaría usar para escribir tu cuento.
    - papel blanco
    - papel de colores
    - papel con rayas
    - un libro de cuentos en blanco

- Decide cómo quieres comenzar tu cuento.

- Asegúrate de incluir detalles sobre los personajes de tu cuento.

- Haz dibujos para ilustrar tu cuento.

- ¡Sé creativo!

Acerca de la autora

A Jo Cleland le gusta escribir libros,
componer canciones y hacer juegos.
Cuando era una niña le gustaba
alimentar a los gatos de la finca.

Meet The Author!
www.meetREMauthors.com

Acerca de la ilustradora

Aclamada por su versatilidad de estilo,
el trabajo de Anita DuFalla ha aparecido
en muchos libros educativos, artículos de
prensa y anuncios comerciales, así como
en numerosos afiches, portadas de libros y
revistas e incluso en envolturas de regalo.
La pasión de Anita por los diseños es
evidente tanto en sus ilustraciones como en
su colección de 400 medias estampadas.
Anita vive con su hijo Lucas en el barrio de Friendship en Pittsburgh,
Pennsylvania.